RESIDENCE

3 5/GAL AZALEAS
Add FLOWER POTS ABELIA GRANDIFLORA
1 15/GAL DICKSONIA FERN

EXT. TREE

2 POTS 24" SELF WATERING
2 5/GAL STAR JASMINE 2 5/GA TRUMPET VINE PURPLE

5 ROSE BUSHES/ WITH STEPPING STONES
2 5/GAL CITRUS

NEW BED CONTOUR MOUND
MOUND AREA # 3 5/GAL EVER BLOOMING HIBISCUS (ROSE)
5 5/GAL GAIANT. LIRIOPE
REMOVE ALG. IVY/ PLANT GR. COVER CAMPANULA FLATS

EXT. MOLDING STRIP CONCRETE
CAMPANULA GROUND COVER #6-8 FLATS

2 5/GAL EUGENIA CORONATA
5 5/GAL DWF GARDENIA

DRIVEWAY

LAWN
AREA

DRAWN
CHECKED
DATE
SCALE
JOB NO.
SHEET
OF SHEETS

DEL PARRA LANDSCAPE CONSTR.
LANDSCAPE DESIGN SCALE 1"-10'
LIC.# 248957

Cultivando a un artista

Para mi familia, que me guía en esta jornada maravillosa y caótica llamada artista.
Y para todos aquellos que trabajan con las manos, la mente y el corazón para crear un mundo mejor.

SIMON & SCHUSTER BOOKS FOR YOUNG READERS
Un sello editorial de la División Infantil de Simon & Schuster
1230 Avenida de las Américas, Nueva York, Nueva York 10020

Traducción de Adriana Domínguez
También publicado en inglés por Simon & Schuster Books for Young Readers como *Growing an Artist*
Diseño del libro por Laurent Linn © 2022 de Simon & Schuster, Inc.

El texto de este libro usa la fuente Caecilia LT Std.
Las ilustraciones de este libro fueron creadas en acrílico sobre papel ilustración.
Fabricado en China
0122 SCP
Primera edición en español de Simon & Schuster Books for Young Readers, mayo de 2022
2 4 6 8 10 9 7 5 3 1
Los datos de este libro se encuentran en la Biblioteca del Congreso de los Estados Unidos.
Library of Congress Control Number 2021949849
ISBN 9781665903882 (tapa dura)
ISBN 9781665903899 (edición electrónica)

CULTIVANDO A UN ARTISTA

LA HISTORIA DE UN JARDINERO PAISAJISTA Y SU HIJO

JOHN PARRA

TRADUCCIÓN DE
ADRIANA DOMÍNGUEZ

A Paula Wiseman Book
SIMON & SCHUSTER BOOKS FOR YOUNG READERS
Nueva York Londres Toronto Sídney Nueva Delhi

Landscape
Construction
Company

—¿Estás listo, mijo? —me pregunta papi y sonríe mientras llevo un brazado de herramientas y materiales.

—¡Que tengan un buen día! —dice mami.

Luego, partimos con la fresca brisa matutina. Hoy es el GRAN día. La primera vez que acompaño a papi a trabajar. Él es contratista de paisajismo.

Primero, pasamos a buscar a Javier. Él trabaja con mi papi desde que yo era pequeño. Antes, él vivía en México y trabajaba en cultivos de aguacate. Javier me pregunta si recuerdo el español que me enseñó.

—¿Cómo te llamas? —me pregunta.

—Me llamo Juanito —le contesto.

—¿Listo para trabajar? —dice él.

—Sí, listo —le contesto.

Él asiente con la cabeza y dice:

—Estás listo para trabajar.

En el camino, cantamos a todo volumen junto con la radio de música de los años cincuenta.

En la casa de la Sra. Tarbe, Javier me enseña a cortar el pasto en franjas perfectas, iguales a las que he visto en los campos de béisbol. Papi demuestra cómo recortar y dar forma a los arbustos.

Cuando levanto la vista, veo un rostro en la ventana de la casa de al lado. Es Alex, mi compañero de clase. Él desvía la mirada y pretende no verme. Se me cae el corazón a los pies. Siempre nos saludamos en la escuela. Bajo la cabeza porque me siento incómodo, y continúo recogiendo hojas.

—¡Juanito! —La voz suave de papi interrumpe mis pensamientos sobre Alex. Papi aparta las ramas de una buganvilla. Me sorprendo al ver un nido lleno de pajaritos que pían. Tomo mi cuaderno de dibujo y me pongo a dibujar rápidamente. Finalmente, usamos la sopladora eléctrica para despejar las aceras y las entradas de autos.
El sol brilla a través de la polvareda.

A la hora del almuerzo, desenvuelvo uno de los famosos burritos de mami, relleno de chorizo, aguacate y huevo. Sigo pensando en Alex y le pregunto a papi:

—¿Te gusta tu trabajo?

Él hace una pausa y dice:

—Sabes mijo, tener tu propio negocio es lo mejor del mundo. Tienes que trabajar duro y a veces la gente te trata como si fueras invisible, pero cuando haces algo que te gusta y que te permite ejercer tu creatividad, te sientes orgulloso. —Mira mi cuaderno de dibujo y añade—: Oye, mira cómo va mejorando tu trabajo.

Eso me hace sonreír.

Nuestra próxima parada es el vivero. Javier trae un carrito utilitario para cargar las plantas. Hay arbustos, árboles, parras y muchas flores para elegir. Saco mi cuaderno y comienzo a dibujar.

CARPINTERIA
NURSERY

Con nuestras compras, emprendemos el camino a la casa del Sr. Sardisco. Es un antiguo amigo de la familia que tiene más de doscientos rosales en su jardín. Cuando papi le enseña un rosal llamado Busy Bee que compró especialmente para él, el Sr. Sardisco se pone muy feliz:

—¡Nadie sabe más sobre las plantas que tu papi! —exclama.

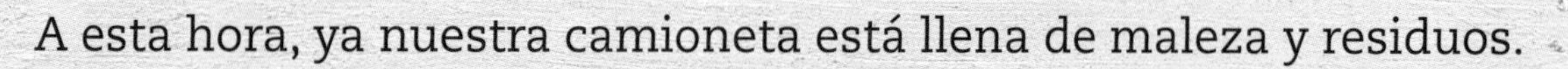

A esta hora, ya nuestra camioneta está llena de maleza y residuos.
—Tenemos que ir al basurero municipal —anuncia papi.
—¡Fantástico! —digo yo—. ¡Me encanta ese lugar!
Cuando llegamos, pasamos por la caseta de registro y subimos por un camino sinuoso.

El basurero convertirá las ramas cortadas y el resto de las sobras en mantillo para plantas. Papi desengancha las abrazaderas de la camioneta, quita la lona y salta adentro de la caja. Oigo el sonido del motor hidráulico que trabaja duro. ¡Brrrum! ¡Brrrum! La caja de la camioneta se alza. Nos acercamos un poquito más, y pronto los residuos caen rodando. Los tres nos miramos y exclamamos:

—¡Híjole!

La última parada del día es en una casa que luce muy diferente a las otras que habíamos visto antes. Tocamos el timbre. El Sr. y la Sra. Carroll están felices de ver a mi papi. Conversan sobre cómo convertir su patio descuidado en un lugar especial. Yo miro a mi alrededor y comienzo a imaginar su potencial junto con ellos.

Esa tarde, tengo una idea:

—¿Puedo ayudar a diseñar el jardín?

—Sí —dice papi—. ¡Eso sería fantástico!

ARNOLDI'S CAFE

CUADERNO
de DIBUJO

Luego, papi y yo nos sentamos en su mesa de trabajo y dibujamos el pasto, los macizos de flores, los senderos y los árboles. Yo coloreo el plano para darle vida. Pasan las horas y perdemos la noción del tiempo mientras trabajamos. Me olvido de Alex.

—Quedó hermoso, mijo —dice papi.

El día siguiente, papi llega a casa con una enorme sonrisa.

—A los Carroll les encanta el diseño. Comenzamos a trabajar la semana que viene —dice.

—Tienes un talento natural —dice mami.

Unas semanas después, papi, Javier y yo trabajamos juntos para plantar los últimos arbustos. Los planes que ayudé a diseñar están a punto de convertirse en realidad.

Tomo mi cuaderno de dibujo y doy vuelta las páginas. Veo los patios que mi papi ha embellecido. Veo a Javier trabajando duro. Recuerdo el rostro de Alex en la ventana. Llego a una página en blanco y comienzo a dibujar. Usaré mi arte para compartir historias sobre gente que trabaja con su cuerpo y alma para crear un mundo mejor. Contaré sus historias. Y la mía también.

NOTA DEL AUTOR

Cultivando a un artista es la historia de mi infancia.

John Parra con su papi, Del

Cuando era niño, trabajé con mi padre, quien tenía su propia empresa de jardinería y construcción paisajista en el sur de California. Mis abuelos paternos se mudaron de Chihuahua, México a El Paso, Texas, donde nació mi papi. Cuando él tenía nueve años, su familia se mudó al caluroso Valle Central de California. Allí, junto con sus hermanos, fue trabajador agrícola migratorio desde pequeño (desde los nueve hasta alrededor de los diecisiete años). Cuando creció, comenzó a trabajar cuidando las plantas de un vivero en Bakersfield. Después de servir en el Ejército de Estados Unidos, se mudó a Santa Bárbara para aprender sobre el negocio de jardinería paisajista. No demoró mucho en conseguir su licencia de contratista. Con el paso del tiempo su negocio se fue desarrollando, y en unos años se convirtió en el presidente del condado regional tri-estatal de la Asociación de Contratistas de Jardinería de California.

Muchos de los empleados de mi padre eran trabajadores migrantes de México que alquilaban habitaciones en nuestra casa y se convertían en parte de nuestra familia extendida. Mis padres los animaban a tomar clases de inglés y muchos de ellos lo hicieron. Mi padre también patrocinaba a sus obreros para ayudarlos a obtener la ciudadanía estadounidense. Varios de ellos llegaron a comprar sus propias casas, a formar familias y a lanzar negocios prósperos.

Comencé a acompañar a mi padre a trabajar cuando tenía siete años. Al principio ayudaba con tareas simples. A los trece años ya era trabajador de medio tiempo. Como joven artista, amaba ayudar a diseñar los planos de mi padre. Por doce años aprendí de mi padre, y de adulto hasta consideré seguir mis estudios en arquitectura y diseño paisajista. Al final, mi camino me llevó a estudiar ilustración y bellas artes en el Art Center College of Design en Pasadena, California.

Trabajar de jardinero paisajista no fue fácil. Era una labor muy exigente físicamente que se llevaba a cabo al aire libre en todo tipo de clima. Tuve que hallar un equilibrio entre la escuela, los amigos, mi vida propia, el arte y ayudar a mi papi. Pero trabajar con él fue gratificante. Me ofreció una forma de canalizar mi creatividad que alimentó mi imaginación, y el ojo de mi padre hacia el diseño y la belleza me sirvió de inspiración como joven artista. La experiencia me dotó con una fuerte ética laboral y me enseñó sobre la responsabilidad y los negocios. Me siento agradecido por esos días que pasé con mi papi y orgulloso de todo lo que pude contribuir al negocio de nuestra familia.

Mi familia

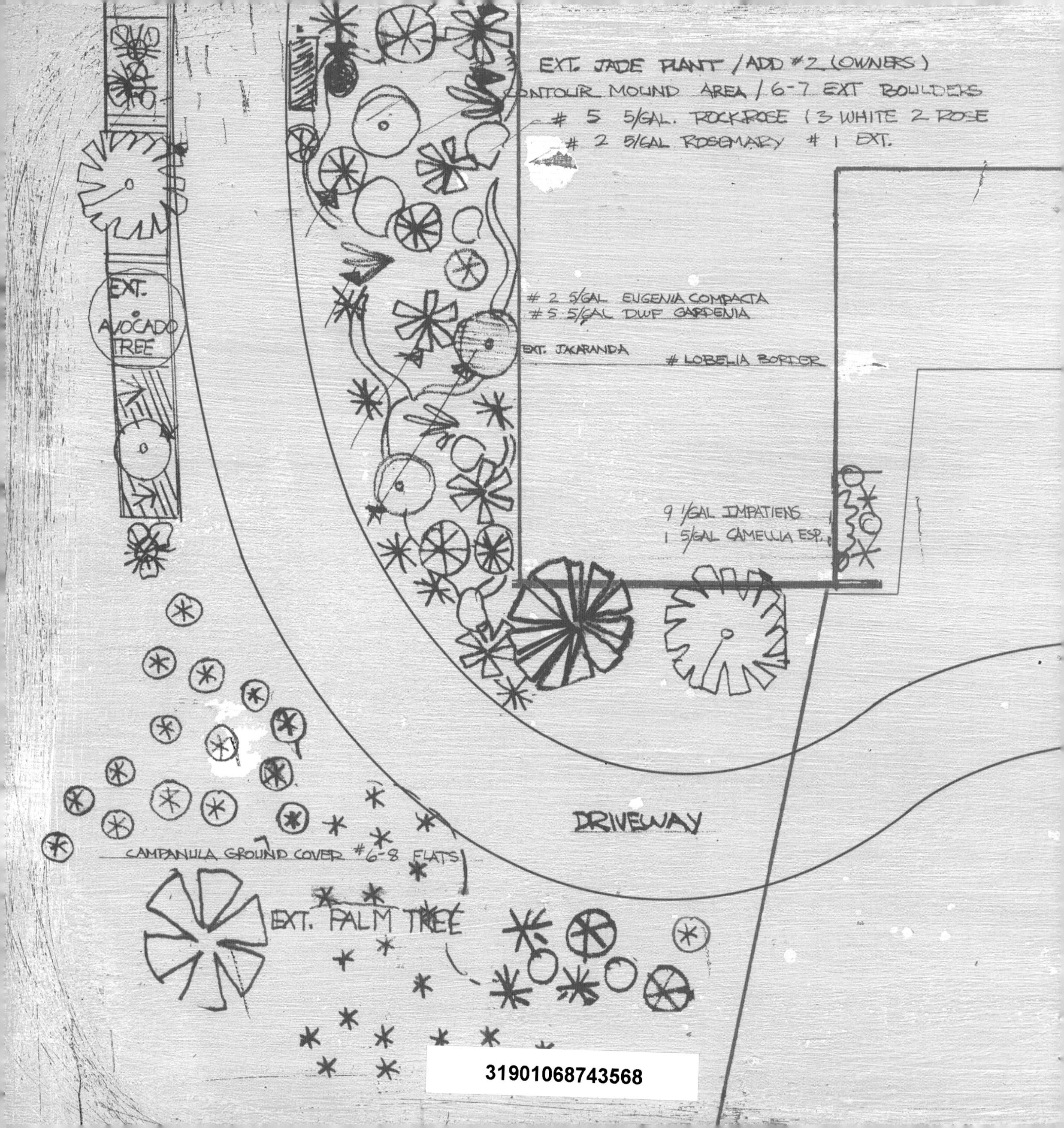
EXT. JADE PLANT / ADD #2 (OWNERS)
CONTOUR MOUND AREA / 6-7 EXT BOULDERS
5 5/GAL. ROCKROSE (3 WHITE 2 ROSE
2 5/GAL ROSEMARY # 1 EXT.
EXT. AVOCADO TREE
2 5/GAL EUGENIA COMPACTA
5 5/GAL DWF GARDENIA
EXT. JACARANDA
LOBELIA BORDER
9 1/GAL IMPATIENS
1 5/GAL CAMELLIA ESP.
DRIVEWAY
CAMPANULA GROUND COVER #6-8 FLATS
EXT. PALM TREE